碓田のぼる

歌集 くれない

光陽出版社

歌集『くれない』目次

傷逝抄　9

起伏

白き闇 171

傷逝抄

日を捲《めく》る

「戦争法」は施行許さぬ夜のコール桜ひしひしと
蕾をほぐす（'16・3・29　国会前）

妻の遺影のかたわらに来て心ほぐし花咲く春のひととき眠る（4・8　月命日）

八十八歳の忸怩《じくじ》の心かみながら背を立てている後衛の位置（6・5　総がかり行動・国会前）

シールズの若もののコールは未来もち不敵に歯切
れよし梅雨空の下（6・9　有楽町駅前）

歴史ひらく渾身の党の言葉沁《し》み妻の月命日を立ち
つくしいる（7・4　池袋）

推移

古代朱の錆びし漆もおぼろめく法隆寺金堂の扉《と》に
風がまつわる

逢いたしと思う心よ夏草を千切ればかすかにはしる抵抗

つゆどきの暁の夢に妻とあう何ぞ涙を流す片頬にのみ

カチカチと夜を点滅し人を呼ぶ自販機のしぶとさ
に負けて水買う

もはや妻に逢えぬ自明に耐えながら冬すぎ春すぎ
廓寥の夏

カロウド（二〇一六年八月二十七日納骨）

相聞の日のまま遥か沼光り蕭蕭《しょうしょう》として抱き立つ妻の骨壺

幽明はここに仕切られカロウドの奥の薄やみに置く青き骨壺

『妻のうた』『歴史』を骨壺にひしと寄す土の匂いの深き石室

目地《めじ》堅く石工《いしく》が閉ざすカロウドの石蓋《ぶた》重し身にきしりくる

わが執着も封ずる如く無言にて石工は閉ざすカロウドの蓋《ふた》

花も供え子らと香たく一巡に心区切られて立つ晩夏の丘に

秋の風

高き電線の直下の路上にひよどりの夜をすごしたる白き糞列

妻の掌《て》に握らせしドングリの秋は来て椎も櫟《くぬぎ》も音
たてている

抱き来し季節の花も香にあふれなずさいゆくか秋
風の墓

党もろとも未踏の歴史ふみゆくと思えば老耄《ろうもう》の胸
も高鳴る

傷逝抄

六十七年呼び来し名なり呼ぶときを妻はしずかに
生《よ》の息を止《と》む

フィレンツェの高き陽の街娘《こ》に従《つ》きてエトランゼ
となりし影二つ濃く

大和の草に妻を傷《いた》めば音もなし天平《てんぴょう》よりの佐保川
の水

瓔珞《ようらく》のごとくに光る琉球の苦しみ滲《にじ》む夜の地球儀

キシ安保・アベ戦争法とつなぐ血の黒ずむ国か秋
深く澄む

時しげく地震にきしむ一人家《や》に四季一巡の妻の忌がくる

続・傷逝抄

若き日に一たび得たる面影を胸にひそませ寒の街ゆく（一周忌）

残りたる思いにやせて茫々と山の湯宿に二日《ふつか》をくらす

山の湯に老らいくたり翁《おきな》さび原始のごとく前をかまわず

カラマツの芽ぶけばやさし表情に妻おりある日山
風のなか

ふるさとに帰れば思う貧しけれど妻いとしみし母
の幻

板台《ばんだい》に身じろぎもせず命なき近海魚の眼は深き秋色

未来が光る

南スーダンに幼児《こ》らの命が急迫と「国境なき医師団」の訴え息のみて読む

戦火の国流るる河の名みなやさしチグリス、ユーフラテス、また白きナイルも

少数派の我ら歯軋《はぎし》りし「社公合意」いま裁かれる

彼等は恥じよ

従属の屈辱長き国ながらかく近ぢかと未来が光る

（大会決議案）

改札ＩＣ音

間断なき改札通過音たてながら人は散り散《じ》りに向
かう今日の職場に

はなれ聞けばまさにリンリンと淀みなくＩＣは紛《まが》うなき松虫の声

松虫の音《ね》を恋い阿倍野に死に果てし若者思う雑踏の中（謡曲「松虫」）

「草茫々たる朝の原」ならず駅頭に変化《へんげ》するＩＣ
音は野の虫の声

ＩＣ音に攫《さら》われし心静めれば駅の松虫はみな命無
く

改札通過者の殺到をさばくＩＣは時に鋭く赤を表示す

寒の感慨

生ける如き妻運びゆく病廊は死を漂白しただ白く
冷ゆ

寒の空奥深く今日も澄みながら心は塞《ふさ》ぐ妻の喪の
まま

テーブルの角《かど》をけざむく光らせて寒は来るなり一
人の部屋に

長き従属の政治が生める犠牲死か安保闘争にもグローバル企業にも今

小さき自叙伝（一）

雪重く棟木《むなぎ》きしますす北信濃二十九歳の母われを生みたる

昭和恐慌が世を覆うとき身を竦《すく》め子を守るのみ若きちち・はは

小作農の苦しみは今も身に刻む節くれし指皺ばしる掌《たなごころ》見《み》よ

「赤旗《せっき》」創刊の月に生まれしを誇りとし戦後を今
にわれは生き来し

喪失感今も埋められずいる我に冬はキッパリと張
る街の上の空

光みるべく地中の闇に耐えている蟬の命思う凍《し》み
強き夜は

村に一人の主義者近く住み「三・一五」に血の気
失せしと母の昭和史

「お金がほしい」と母は恐慌に脅《おび》え居し「パンのみにあらず」というパンもなき日に

大正に近き昭和より今に生きちち・ははも見ざる世の惨憺に遭う

小さき自叙伝（二）

満蒙開拓団、予科練、特幹と還らざる友ら眉若く
よる花見るわれに

貧に耐え居し少年期の心軍国に攫《さら》われし無念さは
老い来て強し

敗戦の激情に伏す工場一隅にＤ５１《デゴイチ》は微動せず昂
然と居し

G・H・Qにつぶされし二・一ストの屈辱は今も胸底にある一つの熾火《おきび》

背のリンゴ上野の闇市に売りつくし安堵は車窓いっぱい碓氷峠こす

自殺未遂の母蔑《さげす》みし風評の村への敵意今も癒えなく

妻の病室を飾りしヒヤシンス庭に生きありしながらの花かかげ咲く

佐々木妙二奥津城

雪と鏑《しのぎ》を削りし人らも息づくか能代《のしろ》雪原に陽の光揺れ

元禄よりもはるか古《いにし》え妙二の子の書きし家祖の墓誌雪掘りて読む

佐々木妙二の父母のふるさと渺渺《びょうびょう》と風高く吹く墓原の上

大館の雪野の墓地に三たび来ぬ歳月重ければど碑は
痩せもせず

夏の光の下で読みたし三たび来て雪に阻まれてい
る望郷の歌碑

ガンも愛もついの孤独と歌に耐えしを形見のごと
く胸に持ち来し

診察室に置かれし彫刻の「少女像」胸のふくらみ
は記憶に錆びず

状況

「老耄《ろうもう》」の辞書解は峻烈にて「老は七〇」「耄」は
八〇、九〇は「おいぼれ」と書く

古代オリエントの壺もつロダンの少女像しなやか
にただ未来のみ見る

「おもろさうし」の若夏の歌、辺野古の海、病む
友思う「鳴響《とよ》む沖縄」（仲松庸全氏に）

追悼　田賀おとめ・滝沢教子

唐突の妻の死伝う君の声にわかに受話器に崩れて切れる（7・17　滝沢教子死）

脳梗塞・失語症・末期ガンと病みながら不動のごとく歌に拠《よ》り来し

「分派の妻」の悪罵にも耐えし歴史もちゆるぎなき九十四歳の生涯を閉ず（4・18　田賀おとめ死）

「五〇年問題」の骨きしむほどの辛酸に別離の人
を遂に語らず

声も出ず、音も聞こえず食べられず苦行無欠詠を
人らは知らず

幻聴

思想差別の「ガラスのオリ」にたたかいし君の十
五年思う逝きたる日より（田賀おとめ）

言語喪失より奇跡の回生を遂げ来しにある日唐突に死す歌のみ残し（滝沢教子）

田賀歌集五冊、教子歌集四冊しみじみと歌は輝くよと胸につぶやく

歌人後援会の事務局を守りかけがえなき友ら相つぎて去るはるか天蓋

南溟より骨も帰らぬ父もてばせめてに欲しと恋いしひとくれの土（滝沢教子）

玉砕の名の惨澹死の兄もちてアッツ桜咲けば君は嘆こう（田賀おとめ）

ゆるぎなき党　―九月二十八日　新宿駅―

九十五年の歴史もち雨の駅頭に昂然と誇らかなり日本の党

ゆるぎなき党の声ひしひしと迫り来て涙はにじむ
今日の駅頭

拳《こぶし》にぎれば怒りはしぼり出るほどの今日の政治に
党こそが起つ

幾千の傘人波のなか直《じか》に聞く日本の党の炎の言葉

信号燈の赤は飛び込みたいほどに燃え人止《とど》めおり
選挙戦の街

労働運動、社会運動の書棚消え神保町古書店細る
昔の位置に

総選挙後

議席半減に心は萎《い》えて夜明ければ鋼《はがね》のごとく秋空は澄む

「捲土重来」いまだ知るべからずと詩は続くかかる展望に越す今日の口惜しさ

すえるべき思想の位置は明るくて三中総力あり老を嘆かず

額に深く無念の今年のシワ刻み友らふみ出してゆく綱領の道

二か月をともに暮せし娘《こ》が今朝は幼児の目残し去る地中海の島

歌につながる心は深く歌友《とも》どもに囲まれて今日は
卆寿の会なり（12・5）

四国の旅

含羞の水野けんいちを憶いつつご詠歌第一番を胸に呟く（悼・水野けんいち）

切願を持ちし遍路かうつむきて冬山道を一人ゆきたり

楼門にたたずむ幻の君のこと五十一番石手寺《いしでじ》をひっそりと去る

「野炭《やすみ》ま仙花《せんか》」などと掲げてフクロウ彫りミミズ
クも彫る村明りなり

伊予の山河のせまる一区画に冬陽たまる少女とな
りし君の家跡（河野ゆりえ都議）

限界集落となりし父祖地に生き凌《しの》ぐ君の友らは幼
顔もち

花ビラ

45ℓのポリ袋一杯の花ビラは抵抗のごと滲ませる
桜のいのち

桜散りて満杯となるポリ袋もてば腕きしむ花のいのちに

もう一度路上に拡げたきほどにポリ袋は染まる濃き桜色

路面を離れぬ雨後の花ビラをいとしみし妻かデイにゆく朝

散るを誇りと欺《あざむ》きし桜の世はくるな花ビラは無心に四月を光る

追憶を時間が奪いゆく時に暮色をゆらし亡き妻がくる

日一日夏せりあげてくる街に短くも濃きわが影を踏む

命がけで祖国捨てくる難民の悲しみ続く娘《こ》の地中海

肩に食い込む疲れももたずやすやすと一日暮らすを罪として老ゆ

喉《の》奥《ど》まで笑いしことも乏しくて妻逝きて二年半わ
れの日常

江戸の博徒《ばくと》の風体《ふうてい》さらし国会に彼ら亡国の法をゴ
リ押している（'18・9　カジノ実施法）

真夏の歌

面《おもて》あげ生きたる日の瞳《め》恋いながら眩しき光の夏墓に佇つ

君の生まれし古き宿場に夏闌《た》けて面影は凝《こ》る街道の奥

何処《いずこ》ゆけば逢える君かと不意に湧く夢想一瞬夏陽が攫《さら》う

命への懸念《けねん》は言わず「人身事故」の四文字熟語く
どし遅延の車内

無念とこそ言え

鶏のカラ揚げ一パック持ち千円札のシワのばす老
女レジへの列に

忘れいれば音一つせぬ暁にもの言わず去る妻のまぼろし

炎熱を逃《の》がれ立つ樹下《じゅか》の耳底に油蟬なお暑さねじ込んで鳴く

のさばりし庭草むしるとき狂いたつ刃物の陽ざし首筋を灼く

変哲なき顔よと朝をうかがえば「鏡中白髪新」まさに老残（五音・漱石）

戦争の悲しみ世界に尽きざれば無念とこそ風も云え同志千枝子に

ロダン「老える人」考

秋深き国立美術館の庭に時もたずロダンの「考える人」まだ考えている

豪壮な下肢《かし》の肉付き血を噴くほど皮下の血管が怒張している

ただならぬ力感をもち右足の指先はことごとく地をわしづかむ

地の底まで見つくす視線もろともに考えつくして
いるロダンの裸像

アゴを支える右手は左にねじられて生まれし空間
に秋雲動く

起たん寸前の意志の凝集左足の拇趾昂然と中天を
指す

腐朽深まる日本の政治あり顔あげてフランス革命
など一言《ひとこと》はいいえ

立ち上る寸前の意志に納得しロダンの「考える人」の像前を去る

ゴキブリの歌

ゴキブリの行手《ゆくて》を阻《はば》み一撃で命絶つあわれ虫といえども

分別せしゴミ袋はゴキブリの死骸もち焼却場に向かう市の収集車

ゴキブリに骨などあるやゴキブリの子が親の骨拾う妄想がとりつきてくる

余生重く一人の家に住み馴れずまた立ちてゆく遺影の部屋に

手賀沼にヨシキリの声ひそまれば夕闇が運びくる幻ひとつ

「死んでも忘れない」若き相聞の誓いさえ時に攫《さら》われてわれわれは生きおり

終末期のベッドに妻が「サ・ミ・シ・イ」と口の形で告げしが沁みくる初冬

遠き相聞の記憶呼び来し水鳥はくくみ鳴きいる低き葦叢《あしむら》

古代朱の夕映え手賀沼に散る時をバンは列なしてゆく光に向かい

冬晴れの微塵《みじん》の藍にまみれつつ妻くるや三たびの
忌寒椿咲く

起伏

遠き日本語

斜面林に虎落笛《もがりぶえ》して葛飾の妻の産土《うぶすな》にまた冬がくる

遠き記憶もあらかたは蝕《むし》ばまれセピア色の母笑む
一葉をひっそりと持つ

金輪際許せぬ政治なり一網打尽に彼ら裁く日を夢
ならず持つ

「国境なき医師団」の声なり命ひとつ地球より落ちゆきしと哀しみ重く

いまだ骨哭《な》く沖縄の土剽窃《ひょうせつ》し辺野古埋めるとや海よサンゴよ

九条敵視の政治のはたて人はまた「とおい他国*で
ひょんと死ぬるや」（*竹内浩三詩）

従属の長き戦後史馴れなれて「祖国」は遠い日本
語となる

沼のある街

39度こす風邪熱に居て消極の心の支配に昼夜を眠
る

診察の順待つ部屋の冬壁に今日も「フェルメール
の女」が手紙読んでる

冬陽きらめき沼に沈みゆく壮厳に風邪に負けいし
心研《と》ぎ立つ

夕暮れの駅前喫茶に家事もたぬ老ら饒舌にいるわ
れも同類

茶廊の話題一転してアベ政治なり憎憎《にくにく》しき隠蔽・
擬態に及びて長し

冬靄がひっそりと沼面《ぬまも》に下りるとき草叢《くさむら》はゆるやかに輪郭を解く

老化

妻が使いし包丁の跡残る俎板《まないた》にいまだも馴れず春菊を切る

妻が好みし「白地草花絵扁壺《しろじくさばなえへんこ》」*あり過去が咲き未来は蕾でいっぱい（*河合寛次郎展　'18・9）

在日の嘆きを瞳にもこもらせて君は韓国を言う朝鮮を言う

植民地支配の残滓《ざんし》に民族の歔欷《きょき》ながきTVにてアジア・アフリカ

近き記憶を未練なく忘れるわが老化遠き記憶のみ引き連れてくる

精神も体も錆びたくないと一頻《ひとしき》り心とがらせている夜の闇の中

吊革に背筋を伸ばす老残がシルバー・シートに近寄らずいる

回想

酸素チューブを鼻孔にしつつ『前衛』の校正もせ

しか生きる一筋（悼・山岸和子二首）

赤い尾燈からみ去る夜の街上に不意に酸素チューブの君がゆれたつ

自販機の熱い缶コーヒーのプル・タブを指におこす時夜の闇ゆれる

生死分け合うごとくモンゴル高原に別れたるレイよ、ブング*よ、生きて会いたし（*'71・4　南ベトナム解放戦線代表）

ホーチミン、ボー・グェン・ザップの祖国かとベンハイ河はるか翼下に越えし*（*'68・9　カイロでの南ベトナム支援国際会議の帰途）

集団就職の少年ら「北」の生活《くらし》負い降り立ちし上
野駅十八番線今も小暗し

啄木も多喜二も磁気の指すに似て「北」に向かえ
り貧重く負い

「北」がもつ生活《くらし》の深き渕おもう　わけて三・一一この八年を

春の雲

食器すすぎし今日の仕舞いの洗い水生活《くらし》の音ひそめ地下に落ちゆく

排水溝の闇ゆく今日の終り水たとえば一年後はいずこの海か

桜咲く春中空《なかぞら》にただよいて花よりもなお輝かな雲

高御座《たかみくら》よりはるかに高き春の雲「オンリー・ワン」など云う気配なし

善福寺川かいわい　―九月二十五日　吟行会―

八重桜びっしりと敷く川道は二度目の花盛り光溢れる

落《らっ》花《か》狼《ろう》藉《ぜき》の卑しき言葉しりぞけて地は花ざかり踏
むに戸惑う

死ぬを止《や》めよと石に言わせし「水中投身供養塔」
建てたる渕はもはや知り得ず（郷土博物館）

父を悼《いた》む篤信《とくしん》の子の五輪塔は三百年の石色重く

魚・鳥を復元穴居に吊しつつ家族ら貧知らず大和の夜明け（松ノ木遺跡）

古代穴居の復元の丘に来て資本主義の末裔らしき
り地下をうかがう

九十一歳の上高地

前穂・奥穂・西穂の稜線神さびて雪も耀《かがよ》う梓川の上

幾万年の歴史負い聳《た》つ穂高岳しみじみと九十一歳
人は小さく

梓川の水は翡翠《ひすい》の色に澄み掬えば槍《やり》ケ岳の雪の匂
いす

槍ケ《やり》岳を降りて嘉門次小屋に安らぎしは茫々とはるかなり炉に岩魚《いわな》焼く

上高地の深まる秋に包まれて亡友《とも》と宿りし幻を追う（吉谷　泉）

見納めと穂高に向かいし思いなど息子《こ》に秘めながら上高地去る

骨哭《な》くに

昭和恐慌を凌ぐと小作農わが父はゴルゴタのキリストのごと痩せやせて居し

うす紅《べに》にユウゲショウつつましく咲く庭に驕《おご》りし
今日の一語恥じおり

沖縄にも南溟《なんめい》にもいまだ骨哭《な》くに政治あらあらと
また軍国に向く

山宣と多喜二の無惨死を狼煙《のろし》とし十五年戦争暗澹
たりしわが少年期

元禄の芭蕉は知らず東京のこの道をゆく人らすべ
て資本主義の暮れ*（*芭蕉「この道や行人なしに秋の暮」）

従属の恥なぞ持たず威丈高にもの言う能天気など
末期《まつご》に候

孫娘と暮らせば

「オジィチャン」と澄みて低く呼ぶ孫娘《こ》の声に本伏せて移る朝の食卓

ダンテの『神曲』はるか忘却のなか孫娘《こ》はわれに
神の世界秩序のアプリ光らす

その母が持たぬ落着きにて孫娘《こ》が語るかかる日本
への深きあこがれ

二つの祖国もつ孫娘《こ》が今日は秋深む日本より地球の彼方へと発《た》つ

幾十日を祖国の一つにわれと暮らし孫娘《こ》は帰りゆく古都ボローニア

深夜「いまIstanbul《イスタンブール》」と孫娘《こ》のメールははるか動乱の地にて短かし

追悼・田中　礼　―二〇一九年九月十三日　死去―

竹の葉鳴りの静かな嵯峨野憂いなど持たず学生服の君と歩みし

秋雲のまぶしき下《もと》に目閉じれば遠くより来て若し
わが田中礼

赤石茂と君とが立ちし平等院の庭のスナップ今何
か言う

学生の時も教授の時も「礼さん」にて啄木にも結ばれし長き歳月

政治反動の怒りの国会デモに居て大学教組委員長と君ははにかむ

はるか嵯峨野の竹の葉鳴りの記憶もち一人残りたる思いはゆれる

病む肺を抱えながらに生き耐えし君はまぶしくわが余生うつ

鬼の千曲川　―台風19号―

ふるさとに帰ればやさしく澄みながら千曲川つね
怒ることをせず（序歌）

わが父祖もかかる千曲川は見ざりしよ流域無惨、
濁流の中

奔騰する濁流がＴＶより襲いくる一瞬の錯覚に立
つ夜の畳に

わが胞衣《えな》を埋めしちち・ははの墓もろとも濁流に
呑まれゆく今日の幻覚

一茶が恃《たの》みし信濃に佛なし氾濫の千曲川抱き哭《な》く
われの信濃か

地球温暖化の苦悶を背負い千曲川はかく北半球に
鬼と化しいる

台風19号に鬼と化したる千曲川幾世かけまた記憶
に澄むや

広告

カタカナ言葉、数字、横文字溢れいる車内広告に
日本語すくむ

過疎に悩む地域おこしのポスターは季節に遠き花
火もあげる

「天照大神《テンテルダイジン》」と戯訓《ぎくん》の青年神代など見切りて座席
立つスマホをにぎり

ベタベタと車体に広告はりめぐらし資本主義マル
出しの電車にのらず

「サクラ読本」「サクラに錨《いかり》」の花無惨「戦争する
国」へ桜弄《もてあそ》ぶアベ

指のしあわせ

鳩が餌を啄《ついば》む如く一様にスマホに首折られいるバス待つ人ら

音たてて寒の自販機よりころげ出るコーヒー缶あたたかし指のしあわせ

党大会の決議案読みゆけばたかぶりくる世界論・未来論まるごと清《すが》し

党創立一〇〇年近しその先も切に生きたし未来社会へ

炎の言葉

われを身ごもる若き日の母切願に雪の善光寺坂も
上りゆきしか

雪に耐える棟木《むなぎ》の軋《きし》みしきりして冬の夜話《よばなし》となる
母の胎教

昭和恐慌に拉《ひし》がれし小作農ちち・ははの声低くきく胎《たい》の幻

「三・一五」の年に生まれしを階級の証《あかし》ともして
今日に生きいる

もろもろのアベの所業《しょぎょう》を書き記す神よ罪科帳に余
白などありや

目閉じれば浮かぶ母なる列島に苦節九十八年の党の旗立つ

日ごと濃きわが曳く季節の影も云え炎の言葉ひとつ日本の党

われの二月

農政への深き怒りは土を握り一揆のごとく短歌《うた》立たせており（三首・井口牧羊へ）

農の未来は土ある限りと君言えば心傾けて読む小
作農の子われは

歌集『地殻』読みゆけば幾たびも呼びおこす昭和
恐慌下小作農のちち・ははの貧

命つよく生みくれし母早く死す自殺未遂の真実も
ついに語らず

ふるさとを出でし日哀しみの母門《かど》に佇《た》ち記憶はそ
このみ光をおびる

独居・老化を子らはしきりに危ぶめど背をたて九
十二歳われの二月は

ドンキホーテの哀しみも今は知る姿なきウイルス
に向かう武器わがマスクのみ

金環蝕に湧きし記憶のコロナならず新型ウイルス
が地球包む白き闇にて

赤信号は変れと立つ夜の交差点少女のマスク白し
闇おさえいる

不織布《ふしょくふ》マスク

「多摩川の砂にタンポポ咲く頃*」か思うは人ならず「非常事態宣言」

（*若山牧水）

「三密」に十分な沼べりに一人佇《た》つわれの「自
粛」の姿もあわれ

襟もとをやわらかくあけ休校の少女一人が陽を仰
ぎおり

平安はかくの如しと野の道にタンポポ低く黄に澄みて咲く

シーツにてマスクつくる活動とイタリアの孫娘《こ》は一途なり今日のメールに

医療崩壊・死者二万の危機のイタリアか娘よ孫よ
ウイルスに死ぬなと願う

地球覆うコロナ感染の白き闇を裂き虹たたしめよ
わがホモ・サピエンス

花なき柩《ひつぎ》

日常の約束すべてコロナ消し緊急事態宣言の視野
に若葉がうずく

人の無きボート桟橋に生き生きと朱を吹流し指す
風の行方を

「外出自粛」に桜無念に散りゆけば還り咲きたい
か樹皮が艶めく

コロナ危機の夕べぼんやり庭に佇てば何して来た
のかと風が聞きくる

五月節句も犯すコロナ禍真鯉・緋鯉今年鎮守の森
に泳がず

瓔珞《ようらく》のゆれさえ見せず修羅の世も立ち来し飛鳥《あすか》の
佛を憶う

三十万*の花なき柩《ひつぎ》の白昼夢紅花夕化粧《あかはなゆうけしょう》 庭に色を
濃くする（*世界死亡数 '20・9・19）

アベ政治のナマクラぶりの言説に心底《しんてい》耐えがたく
むしる夏草

白き闇

パンデミック*

（*コロナ死者数・米ジョンズ・ホプキンス大学集計『朝日新聞』）

公園の一隅に佇つ聖母像コロナは知らず今日もほほえむ

「自粛」せず亡妻《つま》と歩みしハケ道に遠く来し如く
聞く松風の音

コロナ危機の続く非日常に不意にわくあえかな思
いやがて遠のく

コロナ・ウイルスの白き闇ちかぢかと寄る怖《おそ》れ不織布のマスクに熱く息吐く

コロナ感染の終息見えず森に棲《す》む獣の如し暗き思いに

パンデミック花なき柩の四十万*ただ統計表のなか
誰も悼まず（*'20・6・7）

一斉休校の少年孤独に遊びおり餌《えさ》もち沼べりに鳥
集めいる

新型コロナに無縁の沼の水鳥は幼児《こ》の手の餌《えさ》にこ
こぞと群れる

看取《みと》る者なきコロナの無惨な孤独死を神よもはや
死なぞと呼ぶな

母に抱かれし幼な児の耳朶《たぶ》を透《す》く光未来のごとく
平和でやさし

連帯

人とつながる思い断ちくるコロナ禍に根を張り結
ばれてゆく庭のジシバリ

コロナ危機にうつうつと心尖《とが》らせて仰げば空を雲は悠然

径70センチのビニール傘低くさし抵抗のごとく不要不急に出る梅雨重き街

機関誌に同封されしマスク一つ連帯の思いはじか
に胸熱くする（佐賀支部「急行列車」）

「テイクアウト20％引き」の三色旗「宣言解除」
にひたひたと鳴る

今日は長く歩くため自販機より大き目のペットボトルをガラガラと出す

昨日洗いしシーツの皺しっかりと引きのばし明日は七月十五日今日の灯《ひ》を消す

医療崩壊の南アフリカの病床にネズミらが血を吸
うＴＶああこれは現《うつつ》か

奴隷制度で巨富を築きしに宗主国らコロナの悲惨
に手をさしのべず

貧困と差別まざまざとコロナが炙《あぶ》り出すアジア・アフリカ・ラテンアメリカ

宣言解除

緊急事態宣言解除の五月末アベノマスクも十万円
もいまだ届かず

糖尿病と頽齢《たいれい》のリスク負うわれに子の指示多しコロナ禍のなか

戦時体制の「Ｊアラート」に見たてコロナ禍に「東京アラート」などと易々と云う

緊急事態「宣言解除」と聞く時に「空襲警報解
除」の語感重なる

幹も枝葉も桜は一つの影となりわが影も歩道に包
みゆったり揺れる

蟬の死

翅《はね》をたたみ二対《つい》の脚合掌に組む夏蟬の末期《まつご》を拾う
暑き路上に

幾日の命鳴き果てし蟬か死殻《しにがら》を掌にまじまじと見続けおり

ミンミン蟬の亡きがらの複眼は黒く澄み憧れのごと空の碧《あを》を見ている

路上孤独死の昆虫の亡きがらを拾うとき頭上にて
しびれる程に鳴く蟬の読経《どきょう》か

コロナ・ウイルスの無惨死七十六万人*こす敗戦記
念日掌に軽からず蟬の孤独死（*'20・8・15）

蟬の亡きがら掌に包みつつ遙か思う花さえ無き七十六万人の不条理な死を

姿なくやすやすと国境をこすコロナ・ウイルスに憎しみは唯一つ武器なきたたかい

蟬の亡きがらを夏蒸す草の根に置けばひっそりと
した哀しみがわく

秋空

いつよりかコロナの恐《おそ》れ裡《うち》にもち不織布のマスク
今日も離さず

パンデミックのコロナ死今日九十万人越す*蟬の孤
独死にも会う日本の路上（*'22・9・10）

夕立雲おもおもと北に片よりて天心にコロナなき
秋空のぞく

月の光コロナ死を弔うごとく蒼く澄めばこの宵《よ》地
動説など信ぜずに居る

貧困と差別あらあらと拡げつつウイルスは世界お
おう意志もつごとく

先の短き高齢者の一人なれば渾身の命溢れよわが
短か歌

邸《やしき》跡

支えられる歌友《とも》らに会えず九十二歳日ぐれコトコト
と芋を煮ており

うっそうと樹木が囲む邸跡せまき夏空に雲のみ眩《まぶ》し（志賀直哉邸跡）

『暗夜行路』書きし書斎か濡れ縁の樫の木目《もくめ》は深く荒びる

傘つきて梅雨の晴れ間を外に出れば体《からだ》は固し長き
「自粛」に

梅雨前線ようやく去れば久しぶりのわが影に会う
玄関の前

パンデミックの惨澹に世界ありと思うとき何ぞ高笑い湧く朝の路上に

古代朱にゆうべ手賀沼が染まるときひそやかに寄る遠き面影

キラキラと

新しき年明けの道走り来し少年朗らかに「ヤッホー」と去る

一人ぐらしのある日おのれをいぶかしみズボンに
こびりつきし米粒を剥《は》ぐ

姿なき浮遊の敵に向かうごとマスク新しくして出
る都心の街に

桜満開に今年こそ会いたし願うとき樹液ヒタヒタ
のぼる幻

古代日本が受けし恩寵も仮想敵国としいま先制攻
撃のミサイル論湧く

戦争国家に堕《お》ちゆく気配濃く見せて学問の自由など足蹴《あしげ》にしている（学術会議問題）

言いよどむ一語を長く抱ききぬ祖国と呼べる日かがやいて来よ

未来に向かう列の一人なりキラキラとわれも輝け後衛の位置

日々に

「夕やけこやけ」空よりリズム流れきて沼面《ぬまも》こまやかに揺れて静まる

剪定期を誤まりし梅の切り口は涙のままに樹液ため
おり

いまいましき躯体のおとろえ今日もまた平らな道
で二度けつまずく

絶え間なく心にコロナ棲《す》みつけばまぎれなしわが
神経も感染患者

家に帰りマスクはずせば顔の一部剥落《はくらく》する錯覚を
いつよりか持つ

「ＣＯＶＩＤ―19」は新型コロナの記号にて姿なく意志なく国境を越すを怖れる

二足歩行のはるか人類史よりウイルスも共存せしと聞けば心おちつく

小さき庭に放埓《ほうらつ》にのびし草どもも自ら枯れて冬に入りゆく

アワダチ草円錐花序に咲き立てば大和古塔の軒ぞりを恋う

はるかより指呼の世紀と思い来し党創立百年ずっしり近し

新しき明日

新型コロナに支配の脆《もろ》さあばかれて体制は危機のドン詰まりなり

党創立百年近し指呼の間にまぶしきほどの記念日
が待つ

核兵器の終わりが始まる年にして地動説のごと歴
史は動く

「新しき明日」が現実化する時代啄木よ九十二歳
が昂《たかぶ》りて居る

某年某日

「もう廃刊にしようや」赤木健介がポツリ言いし
二十四頁に痩せはてし協会誌手に

「協会のこと、何もできなくなって――」と病床
の半身不随の妙二の号泣、今も聞いてる

順三の柩担《ひつぎにな》いし日の誓い新日本歌人協会に拠《よ》りて
動かず

面影

歌友《とも》ら待つ遠き街へと越えてゆく眩《まぶ》しく光る県境の川

伝えるべき歌会の一語思いつつ目をあき目を閉ず
電車の中に

それぞれが生きる一途《いちず》を詠《よ》みあえば歌会は強きつ
ながりとなる

生活の悩み滲《にじ》ませ専念につくりし歌に心つつしむ

順三母子《おやこ》が住みし無住の尼寺にながく立ちいし越中の夏

短歌革新に生涯を賭《と》せし順三の面影はわが父よりもあざやかにたつ

手賀沼の果の家並も光らせて風景は今日澄むにコロナは去らず

遠き親潮

胸に手を組み少年期のままに眠るとき夢は姿なき
コロナに追わる

信濃の国の春の遅きを口惜しみし里山の小さき歌碑も雪に埋もるか

いつわりの季節の花が匂いだつ花舗《かほ》になじまずまたマスクする

パンデミックのヨーロッパは感染二波の危機ロンバルディアの孫娘《こ》を思い一日《ひとひ》疲れる

盤台の死魚のウロコはまだ生きて遠き親潮の色を滲ます（アメヤ横丁）

マスクはずせば死魚の匂いは胃腑《いふ》に沁みかなしみ
のごと還る日常

政治支配の深部の脆《もろ》さあばかれてもはや「新しき
明日*」に変るほかなく（*・啄木）

歴史の扉　―二〇二一年一月二十二日―

植民地よりの独立国あまた並び立つか核兵器禁止
条約の批准国まぶし

「途上国」との資本主義的位置づけはさりながら
今核廃絶の先駆けに起つ

都市封鎖、非常事態宣言も尻目にてコロナ・ウイ
ルスは地球を舐《な》めつくすほど

コロナ対策の錯誤くり返す日本に今生きて途上国
キラキラと一月二十二日

太田川の川底に君と幼児の骨拾いし戦後一〇年目
ヒロシマの夏（憶・深川宗俊二首）

志の一途にわれも身を正し原爆ドーム仰ぐヒバクシャ君と

二〇二一年一月二十二日*待ち待ちしヒバクシャ君も異界に押すか歴史の扉（*核兵器禁止条約発効）

核兵器も日本の悪政もまた鮮やかな終わりの始まりとなれ二〇二一年

黒枠もなく

コロナ・ウイルスに心は鎧《よろ》い一年なり政治腐敗も
相つぐ日本は重く

亡妻《つま》と眺めし庭の椿も咲きくれば五年は疾《はや》し忙々のなか

九十三歳を生きていて沼べりに立つ時を無用のように風なぶりくる

市販商品となりし手製マスクは多彩なりコロナ禍
がファッションとなるスーパー一隅

三六八万人＊の無造作なコロナ死の世界なり「死」
など云えず黒枠もなく（＊'21・3・18現在）

くれない

電車の中

スマートフォンへ人ら車内に傾けば背を立てて読む岩波文庫

春を切る電車の音の澄みくるを目閉じ聴き分けている片隅の席

モハE型ぴたりホームに停《とま》るとき一〇〇の吊革すばやく揺れを収める

専心に歌つくる時隣より男のぞき来て結句を阻《はば》む

政治すでに劣化の極み「菅を倒せ」のど奥で火となるシュプレヒコール

五月の風

うとましき思いなぞなし十薬《じゅうやく》の苞《ほう》しみじみと十字に白し

赤いラベルの缶コーヒーポケットに買い持てば胸
こそばゆし一人明るく

幾何級数の恐ろしさみせ感染者のグラフ棒立つテ
レビの中に

わが胸に暗夜ひろがる三回目の緊急事態宣言かる
がると言うか首相は

核禁条約発効も無視し何をか言うただ喋喋《ちょうちょう》と日米
共同宣言（'21・4・16）

神々の懈怠《けたい》は長しパンデミックの死者三〇〇万*こす花さえ持てず（*'21・4・18）

不条理に死のみひろがる地球上颯颯《さつさつ》として五月の風など吹けよ

梅雨あけの人なき公園の噴水はメリハリの如く水
の舞する

安心の顔

行動に長く友らと腕組まず張りなき皮膚を夜の灯《ひ》にさらす

変異株の語感がかもす切迫に老の心が一日《いちにち》きしむ

不織布のマスク小さき楯としてまん延防止の茶廊に人待つ

コロナより千里遠くにいるつもりバンは平穏無心
沼に動かず

パンデミック衰える兆《きざ》しなし戦争のごと死者数無
造作に数え捨てられ

ワクチンの十五分後ことも無し病廊に六十一歳の息子《こ》がどっと安心の顔

デルタの字形は三角形に閉じられるに変異株は天井知らず拡がるばかり

感染爆発、アフガン崩壊、地震、森林火災、地球が破裂するばかりのニュースが続く（'21・8中旬）

昆虫戒

エノコロ草は夏のハケ道に灼かれつつ穂色はすでに秋風の色

汗をしぼる蟬鳴きたてる日盛りをマスクに守られ
てゆくポストへの距離

九十三歳の腕の血陰険に蚊に吸われむらむらとし
て殺意が尖《とが》る

腕の蚊を叩けばわが血吐きひしゃげしに殺生戒が
かすかに動く

旺盛に夏蟬鳴けば世を変える列に非力が背をたて
直す

浄土など持たぬ夏蟬の路上死は空抱くがごと対《つい》の脚組む

氷河解けつつオットセイ鳴くは文明の果《はたて》の恐れわく真夏のテレビ

秋に入る

九月路上の草影やさし近ぢかと屈《かが》みて記憶の一つ
に出合う

夏蟻の気ぜわしさも老い秋庭に行き交う列の動きは鈍し

夏を耐える人ら追い立てしカナカナも鳴き残るなし秋に入りゆく

列島の山河に惨《むご》き爪立ててテレビ枠外に去る風の狼藉《ろうぜき》

変わらずに澄む

九十九年の党史の画期政権への挑戦と言うをただならず聞く

笠井候補とグータッチすればじかに強く党の力あり新宿駅頭（'21・11・30）

無念の選挙に心ひるむ時「団結すれば勝つ」と声強めくる遠き啄木

ゆれる心窺《うかが》うごとく夢に来て孫ほどの阿修羅が苦
笑して消ゆ

野党共闘に向けくる敵意さりながら「捲土重来」
必ず知るべし

蛇口あければ迸《ほとばし》る水貯水池より遠く朝を来て変らずに澄む

ガリレオならば言うべし彼ら傲《おご》れど歴史はそれでも前へ進むと

自画像

闘いて悔なしなどとても言えぬ忸怩《じくじ》の心ひと日さいなむ

「老いて益々」に続く言葉を思い継げば老化・頽齢とみな自虐めく

未来など持てぬ支配の体制がみだりがましくも言う新資本主義

顔洗い飯食う幾万回の平凡も未来につながると思い安らぐ

党創立一〇〇年に明ける朝ゆで卵むけばあざやかな黄がかがやく

高層ビル

透明な高層ビルの壁面をジグザグとエスカレータ
ー降る冬の空より

手をつなぐ男女エスカレーターに昇りつつ残る手
を振る別れのように

高層より人ら屈託なく地に解かれ影もたずゆく冬
のビル街

寒椿積りし雪を葉に耐えて惜しむがごとく陽に滴《しずく》する

全天に雲一つなき気圧配置抒情さえ奪われている
妻六年忌

氾濫の記憶もつふるさとの千曲川 蕭条《しょうじょう》と雪野ゆくや魚庇《うおかば》いつつ

玉雫《しずく》

忽忽と過ぎし六年妻の忌の冬空が澄む異界などなし

息子《こ》は顔の皺深めつつ母の忌を語る口調は胸にこたえる

生きている、それだけでいいと君が言いしに怠惰も救われて過ぎし六年

おおかたの友ら鬼籍に入りゆけり一人しんしんと
書く寒夜の一枚

「大盛ラーメン」の引戸の看板につきつめた空腹
の若きらの影の屈折

迷いなき冬陽が包む道脇の草の葉百千が玉雫抱く

花早く咲け　―三月十二日　文化後援会街宣―

ロシア糾弾の今日行動日朝の駅に高ぶり静めいる
スタンド・コーヒー

三月の空晴れながらプーチンのウクライナ侵略は
や二週間こす

自作胸に歌友《とも》ら掲げる反戦の一途に遠きウクライ
ナ寄る

卑《いや》しき鳥と腐《くさ》されし鵯《ひよ》一羽さかしげに花ビラ破る
蜜の先どり

戦争に傾く日本の危機に居て遥かウクライナ思う
花早く咲け

平和を守れと叫べばウクライナに結ばれて六〇年
安保のノドも知る声

一人芝居のごとくTVへのゆきかえり戦況残る畳
に坐る

四月

平和、平和と喉奥《のど》に言葉張りつかせ花ビラを踏む
靴底熱し

侵略戦争を書かぬスポーツ紙アミ棚に捨てられて
一面の男がわれを見下ろす

われに安堵の家あれば罪の意識おそうウクライナ
難民生死の川越えてゆく

スズカケの並木にプーシキンの旧居ありロシア兵
よオデッサのそこだけは撃《う》つな（回想・1975年）

黒海を見放《さ》けながらに降りゆきしオデッサの高き
階段崩るるなかれ

土のかなしみ

死者六三〇万感染者は六億*を越すウイルスとの戦争は表のみに沈黙する紙面一隅（*'22・7・30）

砲撃の止まないTVウクライナの麦抱《いだ》く土の深き
かなしみ

新鮮な畑の匂いもうるませて麦も耐えいるか暗き
倉庫に

平和になったらロシアに行きたし啄木よ君の好き
だったロシアを探しに

参院選前後

核抑止論の誤謬へとどめ核禁会議の声明あかるし
はるかウイーンに

二歩後退を強いられし情勢を越えたしとわが一歩は前へ朝の玄関

「銃眼に身を塞《ふさ》ぐごと」＊と詠《うた》いたる昂然の声を聞くひるむ心に（＊岩間正男）

戦争を背負いしＴＶ凶凶《まがまが》し今日も株価は乱高下する

親しみし祖国もつ兵ら殺し合うこの惨澹をメディアは言わず

ふるさとにて

君の長子が建てし大島博光記念館今日は来て語る

信濃と啄木

アラゴンの君の訳詩に支えられ耐えし苦渋《くじゅう》の春秋
があり

会場の信濃の人ら眠るあり話終れば目をあけしき
り拍手す

われにわからぬ信濃なまりが混じりつつ咄咄《とつとつ》と言う会いしよろこび

講演後の茶話会はざっくばらんに膝交え信濃の暮らしの厳しさを言う

「二・四事件*」の犠牲者の娘《こ》が来てねんごろに土産をくるるかかる優しさ（＊1933・2・4　長野県教員赤化事件）

いのち

ウクライナに血縁をもつ兵もおりて今日撃《う》ちしは
昔なじみかも知れず

地球より命は重しと言われいて戦争は続くどうすれば止《や》む

二一世紀の地球は果なく汚されてポロポロと涙する今日の幻

ボンボン時計柱になれば命守る掟として飲む錠剤
いくつ

戦争は執拗にテレビに蔓延《はびこ》りて殺し合う惨憺に馴
らされていく

沼島

炊《た》かれるを本望と電気ガマにとぎ終えし生活《くらし》を負いてコシヒカリ澄む

初秋の朝の不平の一つ焼きすぎし自己責任の黒き
パンかむ

優先席に坐らぬ意志のこと切れて目に力こめ探す
空席

たまさかに優先席に坐る時囚人に似てそろりとしている

正常な秋の気圧配置の列島に敵基地攻撃論が狂気めき湧く

プーチンに直言したし「兵を退《ひ》け」敗《ま》けるが勝ち
と言うではないか

ウクライナの別離の悲傷思うとき遠くより沼鳥は
きて嘴《くちばし》よせる

戦争と平和

遙か陸橋の人ら梅雨空に弧を描き第一声を風がのせゆく

百年の歴史に党が主語とせし反戦平和ひろがりて
ゆく危機の世界に

党史百年の今日は未来への入口か七月十五日ほと
ばしる水道の水

跪《ひざまず》かぬ思想もち近代百年をたたかい来て清《すが》しくれないの旗

奴隷制度もアベノミクスもおしなべて国葬は美化してゆく資本の世界

地球が軽くなるほど殺せばすむのかプーチンよNATOも平和への口固く閉ず

視野赤き紅葉いく千万よ戦《そよ》ぎ立ち葉の色にこそ言え「戦争止めよ」

あとがき

歌集『くれない』は、前歌集『歴史』に次ぐ、私の第一五歌集です。二〇一九年十一月以降二〇二二年の十月頃までの作品八〇〇首ほどの中から四四二首を選びました。雑誌『新日本歌人』を中心に、『民主文学』や歌壇誌などに発表したものです。

この作品の背景の時代は、かつてない激変の時代であったように思います。新型コロナが世界にひろがる中で、ロシアのウクライナ侵略戦争が起こり、ともに終息のメドも立たない状況の中におかれています。

戦争と平和の危機の深まりの中で、日本は再び戦争をする国づくりに、はっきりと歩み出しています。

私たちの言葉も感性も、この時代を背負っていることを思うとき、私たちの歌の行方はどうなるのかと思うことがあります。

私はこの歌集を編みながら、しばしば時代に立ち向かう言葉の力の弱さを痛感せざるを得ませんでした。

そうした時、多くの先人たちは、ひたすら歌うことで、道を拓いて来たことを思いました。

「明けない夜はない」という言葉があります。明けかけた光がもつ力を感じながら、それを自らのものとしながら、進みたいものだ、と思っています。

私は、もうすぐ九十五歳になるところです。これからの余命は知る由もありませんが、私はうしろもよくふり返りながら、前へ進もうと思っています。

この歌集の出版にあたり、お世話になった光陽メディアの皆さんにお礼を申しあげます。また前歌集同様お世話になった谷井和枝さんに、心からのお礼と感謝を申し上げます。

二〇二三年一月二十五日

碓田のぼる

碓田のぼる（うすだ　のぼる）

1928年、長野県に生まれる。
現在、新日本歌人協会全国幹事。民主主義文学会会員。日本文芸家協会会員。国際啄木学会会員。
主な歌集『夜明けまえ』『列の中』『花どき』（長谷川書房）『世紀の旗』『激動期』（青磁社）『日本の党』（萌文社）『展望』（あゆみ出版）『母のうた』『状況のうた』『指呼の世紀』（飯塚書店）『花昏からず』（長谷川書房）『風の輝き』『信濃』『星の陣』『桜花断章』『妻のうた』『歴史』（光陽出版社）
主な著書『国民のための私学づくり』（民衆社）『教師集団創造』『現代教育運動の課題』（旬報社）『石川啄木』（東邦出版社）『「明星」における進歩の思想』『手錠あり―評伝 渡辺順三』（青磁社）『啄木の歌―その生と死』（洋々社）『石川啄木と「大逆事件」』（新日本出版社）『ふたりの啄木』（旬報社）『石川啄木―光を追う旅』『夕ちどり―忘れられた美貌の歌人・石上露子』（ルック）『石川啄木の新世界』『坂道のアルト』『石川啄木と石上露子―その同時代性と位相』（光陽出版社）『時代を撃つ』『占領軍検閲と戦後短歌』（かもがわ出版）『歌を愛するすべての人へ―短歌創作教室』（飯塚書店）『石川啄木―その社会主義への道』『渡辺順三研究』『遥かなる信濃』（かもがわ出版）『友ら、いちずに』『短歌のはなし』『石上露子が生涯をかけた恋人 長田正平』『かく歌い来て―「露草」の時代』『石川啄木―風景と言葉』『読み、考え、書く』『一途の道―渡辺順三　歌と人生　戦前編・戦後編』『渡辺順三の評論活動　その一考察』『書簡つれづれ　回想の歌人たち』『冬の時代の光芒―夭折の社会主義歌人・田島梅子』（光陽出版社）『啄木断章』『1930年代「教労運動」とその歌人たち』（本の泉社）

歌集　くれない

2023年4月10日

著　者　　碓田のぼる
発行者　　明石康徳
発行所　　光陽出版社
〒162-0818　東京都新宿区築地町8番地
電話　03-3268-7899　Fax　03-3235-0710
印刷所　　株式会社光陽メディア

ISBN 978-4-87662-640-3 C0092